바람으로 걷다

바람으로 걷다

펴낸날　초판 1쇄 2025년 4월 25일

지은이　최종시
펴낸이　서용순
펴낸곳　이지출판

출판등록　1997년 9월 10일
등록번호　제300-2005-156호
주소　03131 서울시 종로구 율곡로6길 36 월드오피스텔 903호
대표전화　02-743-7661　**팩스** 02-743-7621
이메일　easy7661@naver.com
인쇄　ICAN
물류　(주)비앤북스

값 13,000원

ISBN 979-11-5555-248-3 03810

최종시 시집

바람으로 걷다

이지출판

한 계절이 가고
또 새로운 계절이 다가옵니다.

시시각각 변하는 바람과
대지를 뚫고 나오는 여린 새싹들에서
끊임없이 흐르는 시간을 감지하곤 합니다.

이맘때면 유난히 애틋한 기억 속의 아버지가
그리움의 물결로 일렁입니다.

바라만 봐도 가슴 절절한 어머니 김이화 여사님
이름을 부르기만 해도 눈물이 나는
내 동생 종설, 종군아 고마워!

한결같은 마음으로 우리 곁을 지켜 준 남편 노재은 님
소중한 보배 지연과 승현
우리가 함께한 모든 날이 향기였다고 고백합니다.

그리고 나의 은밀한 삶까지 살펴 주시고
이끌어 주시는 하느님!
감사합니다.

2025년 봄 위례에서
최 종 시

● 차례

제1부 이만하면 괜찮아

제2부 거꾸로 본 세상

제3부 그분의 손길 안에서

제4부 바람이 토해 내는 말

제1부
이만하면 괜찮아

'열애'를 열창하다

아침 햇살이
거실 깊숙이 들어와 있다
소파에 누워
TV에 눈이 꽂힌 그
나는 주방에서
도마를 펼치고 봄을 칼질했다
봄바람이 나를 밖으로 부른다
담벼락 아래
흙을 차고 올라온 쑥
낮게 낮게 피어 있는 민들레

아침 햇살이
내가 훔쳐보는 것을 알기나 할까?

문을 열어젖히고
먼지들을 몰아내
봄맞이를 마쳤다
'열애'를 열창하며
봄의 향연 속으로
걸어가고 있다.

봄나물

얼었던 대지가 스르르
풀리는 소리를 냈다
양지바른 담장 밑 생명이
지구를 움켜쥐고 있다
여린 새싹은 굽은 등을
비스듬히 펴고 기지개를 켠다

들녘으로 바구니 들고
고사리 참나물 쑥 향기 따라
자꾸 발길이 간다

잠자던 대지에 혼을 불어넣듯
새싹이 따스한 숨을 그러모아
온 힘을 다해 대지를 뚫고 나온다

작은 봄바람에 파르르 떠는
새싹을 날름 훔친다
내 몸에 소름이 돋는다
양심 통제 구역이다.

강물같이

님의 은혜가
사막 같은 마음에
강물 한줄기 흘러와
목을 축인다

아기새 같은 대지에
뿌리 내리고 열매를 맺어
강물같이 살아간다

가슴에 접어놓은 은혜
머리에 이고
세상에 돌려주며 살아간다

마주친 눈빛으로
내 마음 들킨 것 같아
고개 숙여 기도하며
샘물이 강물 되어
등 뒤에서 다가와
강물같이 출렁인다.

간지럼

옆구리에 손이 닿아요
발바닥에 그의 마음이 닿아요
참을 수 없어요
장난으로 시작한 간지럼
그만그만
얼굴은 웃고 있지만
근육은 저만치 달아나요
둥둥 떠올랐던 마음
자지러지게 웃었어요
눈동자에는 눈물이 흥건
물 위에 흔들려요
웃고 있지만 울고 있어요
웃음 뒤에 오는 파편
멍울진 속울음
양다리가 허공에서 허우적거려요
발바닥이 둥둥 구름 위 걷다가
바닥을 디뎌 밟고
괜찮은 척
툭툭 털고 일어나 걸어요.

봄비가 내린다

봄바람의 기도가 닿아
앙상한 나뭇가지가 들썩인다
비가 내린다
아기 속살같이
부드러운 봄비가 내린다

강화 고려산 진달래
어머니의 분홍 치마처럼
곱디 고왔는데
봄비 내리는 창밖을 내다보며
'봄비' 노래를 들으며
진한 커피 향에 빠진다

찻잔 속에 비친 낯선 여자
화들짝 놀라
거울 앞에 앉아 화장을 한다.

능소화

태양이
이글이글 절정일 때
꽃잎 피운 날
하늘 바라보며 고개 쳐든다
나무 타고 쭉쭉 올라가
통창 너머 담장 위 주황색 꽃
햇살에 눈부시게 버무린다

여름날 한때를 지나
님 그리다 태양 아래 고개 떨군다
숨죽이며 밤하늘 바라보았다
여름 햇볕에 걸터앉아
담장 위 한 걸음씩 올라
마침내 정상 눈도장 찍는다
님은 여름 속으로 가버렸고
주황색 치맛자락만 펄럭인다.

나는 아직 멀었어

한 발짝
앞서가려고 고군분투하는 사람들
군중 속에
작은 바람결에도 휘청거리며
떨어지는 낙엽
가슴에 품고 버리지 못하고 있다

담담하게 세월을 밀고 나가며
달려드는 풍파에 초연해지자
빠르게 변화하는 문명에
허덕이고 배우면
또 새로운 버전
쉴 사이 없이 눈이 바쁘다
손끝에 스치고 지나간다

아차!
문맹인이 여기 있었구나
손바닥 위에서 반짝이는 수많은 앱들
비밀번호를 잊은 지 오래전
망설이다 클릭하고 주춤주춤
머리끝이 쭈뼛 선다

혈압이 고갯마루 넘어간다
앱들은 나를 유혹한다
스마트폰 화면 속으로
발걸음을 내놓는다
끝이 보이지 않는 컴퓨터의 세계.

꽃무릇

구월 중순, 선운사에 갔다
요염한 여인의 자태
축제가 시작되었다
만나고 헤어지는 사람들
손 뻗어도 닿을 수 없는 너
그리움에 붉은색으로 물든 마음
아련함을 보았다

우리의 사랑은 빛이 바랬다
한 몸이지만 만날 수 없다니
손은 허공에서 맴돌고
속울음 삼키며
향기만 남기고
스쳐 지나가는 인연
끈을 잡을 수 없다

어긋난 사랑
뒷모습만 바라본다
시간을 당겨 허겁지겁 달려와도
세상 순리에 무릎 꿇고
애달픈 사랑은 전설이 되었다.

남편의 신발

남편은 시린 두 발을 품고 산다
맑은 하늘을 보며
발뒤꿈치를 따라
지하철역으로 걸어간다
발바닥이 아파서
걸음걸이가 엉거주춤하다

부지런히 살아온 지난날 모습이
떠올라 먹먹하다
괜스레 신발 탓을 하며
편한 신발로 갈아신고
이 병원 저 병원 다녀도
좋아질 기미가 안 보인다

피로한 육신을 신발에 의지하고
잘 버텨 온 세월
이젠 툭 털어 저 멀리 날려 보내자
벗어 놓은 남편 신발을 보면서
기울어 가는 남편의
뒷모습을 연상한다.

나무젓가락

인연이 깊어 떨어질 수 없는 사이다
매콤한 짬뽕 국물에
재채기하고 발가벗고
들어가 목욕을 했다
하얀 콧물을 빠뜨렸다
아무렇지 않은 척 시치미뗐다

친구는 짜장면에 빠져
검둥이가 되었다
등급이 다른 친구는
고급 일식집에서 우아하게
각선미 자랑하며 곧게 걷는다

김밥과 짝하여 어두운
배낭 안에서 꼭꼭 숨어 있었다
마침내 바다가 보이는
모래사장에서 단무지와
함께 입안으로 여행을 떠났다

사용 후 버려진 몇 밤
데려가기를 목 빼고 기다렸다
쓰레기 소각장으로 떠밀려 왔다
연기 속에서 눈을 감았다
불꽃 속으로 걸어 들어간다
한 줌 재가 되어도 좋다
내 할 일은 이게 끝이 아니다.

내 마음

내 마음은 세모일까
동그라미일까?
세월과 함께 나이를 먹었다
촘촘히 엮어진 세월을 살아왔다

한 치 앞을 알 수 없어
때때로 마음속 일렁임에도 상처받았다
눈멀고 마음이 흘러
상자 안에는 주름이 가득하다

마주치는 눈빛으로
마음을 읽고 답한다
붙잡지 못하는 마음
마음 밭에도 잡초 자라
바람 가는 대로
마음 가는 대로
흘러가고 있다.

수국

하늘 아래서만 산다
화단에 심어 놓고
들며 날며 지켜보니
튼튼하게 자리를 다져
자태를 뽐내고 있다

작은 꽃들이 모여
큰 송이를 완성하는 꽃
흔들리지 않는 꽃은
향기가 나지 않는다고 한다
십 년, 보이지 않는 세월을 먹고 있다

넌 올해도 어김없이 찾아와
내 발길을 잡는다
볼 한번 쓰다듬고 입맞춤한다
손 내밀면 언제나 잡아 주는 너
내 눈동자 안에서 출렁이고 있다.

양말

젊은 시절
알뜰하게 살라는 교육을 받고
양말을 꿰매 신었다
뚫린 구멍 사이로
삐쭉 나온 발가락
동상이라도 걸릴까 걱정되어
얼른 벗겨 꿰매 주고
비벼 주며 위로해 줬다

하루 종일
신발 안에서 숨 막히는 시간 견디며
타박타박 걸어서 돌아오면
한숨 돌리고
열 개 발가락은 양말 안에서
나란히 성장해 나갔다.

유월

오월의 의자에 걸터앉아
그대가 꽃으로 피는 시절에
여름을 향해 달려가고 있다
향기를 날리던 장미
아스팔트 위에 떨어져
붉은 카펫을 깔았다

색 바랜 꽃잎들
여름 길목에 바람을 거느리고
의연히 서 있다
축제는 끝나고
여름 속으로 가는 그대
한날의 아름다움은
전설로 남았다.

수박

손끝으로 톡톡
경쾌한 소리와 함께 답한다
검은색 녹색 줄무늬 속에서
나는 반항한다
가슴에 끌어안고 들어와
반으로 쩍 쪼갠다

속살 벌겋게 드러내고 유혹한다
한번 베어 물면
입안으로 밀려오는
진한 여름의 속살
달큰한 여름이다

겉 다르고 속 다른 게
수박만 할까?
고향 원두막 수박
들키지 않으려고
푸른색 호피 무늬로 무장하고 산다.

초롱꽃

수줍어서 평생
고개 들지 못하고 살지요
산들바람 불어와도 떨림은
작은 아씨 마음

낭군님 오시는 날
초롱불 밝히고
버선발로 마중 나간다고
손가락 꼽으며 기다리지요
언제나 얼굴 마주 보며
활짝 웃어 볼까요

꽃단장 볼 발그레
님 오실 날 기다리며
따뜻한 숨 그러모아
초롱불 밝히며
어느 청산에 머물고 있는지요.

여기 어디?

까치 한 마리 창가에 앉아
나를 보고 까딱까딱한다
여기는 어디?
나는 누구?

서울에 이사와 광진구에서 45년 살았다
반복되는 생활 속에서
인연 따라 만나고 헤어졌다
하늘나라로 옮기신 분도 많다

석양이 붉어지면 한강을 걸었다
강 건너 아파트 불빛
마음속 사진첩에 차곡차곡 담겨 있다

위례 생활 4년 차
이곳 계절의 변화를 눈에 담는다
여기 어디?
까치 한 마리 창가에 앉아
나를 보고 까딱까딱한다.

이렇게 살아보자

표준화되어 가는 입맛
우리는 고정관념 선입견
겉으로 보이는 편견에 집착하며 산다
자신에 걸려 넘어지고 있다
차이를 용납하지 않는다
연약하고 깨지기 쉬운 사람들
아프고 힘든 사람들을
차별하고 멸시하면서도
알아차리지 못한다
똑똑하게 살지 말고
말로 아픈 곳 찌르지 말자
친절하게 웃으며 살아보자

삶은 우리가 선택한 결과물이다
강아지에게도 따뜻한 시선을 주고받는데
지금 나의 모습은 어떤가?
존중하고 배려하며 살고 있는가?
마실 온 붉은 노을을
있는 그대로 품고
깊은 골짜기 흐르는 물소리에도 귀 기울이고
손 내밀며 등을 다독이며 살자.

금강송 가슴에 품다

곧게 뻗어 도도한
붉은 미인송

용무늬 기둥에
볼을 맞대어 속삭이며
장군의 기상을 느낀다

오래전부터
바라보고 설레었지만
이제는 다가가서
그대
가슴에 손을 얹어 안는다.

척하는 삶

우리는
괜찮은 척
아프지 않은 척
힘들지 않은 척
살아가고 있다

바람이 흔드는 대로
아낌없이 뱉어 내는
삶의 무게
이고 지고 품고 살아간다

이왕 걸어가야 할 삶이라면
봉사하며 가슴 벅차게
미소 지으며 살아보자

고통받는 얼굴 보며
내 고통의 무게를 재본다
내 안에서 몸부림치는
파도의 숲을 지나간다

예수님 십자가 고통을 생각한다
며칠 전 역주행으로
이 세상을 떠난 이들을 위해
두 손을 모은다

내 고통은 내가 끌고 가고 있다
주님의 자비로
서로의 상처를 공감하고
믿음으로 회복시켜 나가며
보름달 뜨는 밝은 밤
새로운 별로 여행을 떠나보자.

카페에서

소노펠리체 설악
더 엠브로시아 카페
커피를 마시며 울산바위를 바라본다
기골이 장대한 멋진 신사
중턱을 넘지 못하는 운무
신비한 큰 힘에 이끌려
창가로 바짝 다가앉는다

동해 바닷물이 들려주는 음악
눈을 감고 생각에 빠진다
속초에 갈 적마다
찾아가는 카페
계절을 붙잡아 앉혀 놓고 싶다

잠시 숨을 고르고
그와 커피잔을 마주한다
초점 잃은 눈빛에
초로의 낯선 노인이 들어온다
까치집 지은 머리카락
반 접힌 허리 구부정하다

같은 곳을 바라보며
살아온 세월
더 단단해진 인연의 끈
어디든지 동행하며
그의 수행비서가
돼 드리겠다고 다짐한다.

행복의 조건

행복한 얼굴로 살아가는 사람들은
걱정 없는 사람일까요?
행복한 사람은
돈 많고 권력을 가진 사람들이 아닙니다
경제적으로 여유 있는 사람
걱정이 더 많습니다
불편한 가운데 감사함을 찾아내고
살아가야 합니다

행복은 객관적으로
정의를 내릴 수 없습니다
고통 중에 행복을 찾고
불편함 속에 행복을 만납니다
근본적인 가난 슬픔 굶주림
없이 살아가고 있지만
불행하다고 합니다
물질적 소유로 행복하다고 착각하며
변질되어 갑니다

행복의 출발점은 만족스러운 성취이며
그 무엇도 악한 것은 안 됩니다
선한 것이 되어야 합니다
참 행복을 갖기 위해서는
영원한 것이어야 합니다
편협된 가치를 내려놓을 때
행복을 느낄 수 있습니다

참 행복의 조건은
권력도 명예도 부도 아니고
좋은 관계입니다
우리는 감사를 모르고 살아가고 있습니다
세상 물질 즐거움에 집착하면
물질에 중독됩니다
이웃과 좋은 관계로
참 행복을 누리며 살아갑시다.

풀잎 끝에 잠자리

가을 아침
이슬 맺힌 풀잎 위
고추잠자리 위태롭게 앉아 있다
작은 바람에도 출렁이며
가녀린 몸짓
속도를 스치는 사람들
길 위에서 곡예를 한다
무리 속에 서로 외로워
술래잡기하며 살아간다

명품 옷으로 치장하고
대리석 바닥 위에서
발꿈치 들고
빙글빙글 춤을 춘다
명품백 속에
마음 갇혀 바람 따라
풀잎에 흔들리며 세월을 꺾는다

콧대 높은 그녀는
위태로운 거리에서
사람과 사람 사이를 누비며
눈으로 사람을 밀어낸다

아득히 내려다보이는 한강
강 건너 불빛이 현란하다
와인잔을 들어 건배!
오늘이
풀잎 끝에 앉아 있다 .

이만하면 괜찮아

그는 이상을 뛰어넘으려
구슬땀 흘리며 매일 달린다
만족은 없다
자신이 쳐놓은
거미줄에 허우적거린다
보는 사람도 없다
보채는 이도 없다
오직 자신만이
그의 그림자에
묻혀 채찍질한다
사계절이 지나는 줄도 모르고
세월을 보낸다

작은 변화에도 감동하는 그녀
그의 무덤덤한 옆얼굴을 쳐다본다
그와 눈이 마주쳤다
욕심 부리지 말고
이대로 건강하게 잘 지내자
고개를 끄떡이며 손을 잡는다.

제2부
거꾸로 본 세상

우리의 여름

며칠째 장맛비가 내렸어요
이불이 축 늘어졌어요
쨍그랑!
햇빛 줄에 널어 말려요
비좁고 어두운 옷장문을 열어
어깨를 나란히 하고 있는
낯익은 얼굴 깨워 기지개켜요
두꺼운 털옷은
잠에서 깨어나
낯선 눈으로 쳐다보네요

꼭 안아 어루만지며
옷걸이째 흔들어
트위스트 춤을 추며
베란다에 내걸고
눈빛 주고받았어요
조금만 기다려
성숙한 계절에 만나자고
손가락 걸고
손바닥 비비며 약속했어요.

연꽃

창밖에 시선을 두었다
그가 나를 초대해
두물머리로 갔다
우산을 닮은 잎
두 팔 벌려 나를 반긴다
미처 피지 못한 연분홍 봉오리
시간의 물살을 건너가고 있다

번뇌가 지나간다
생각이 그물로 포위한다
너를 잊어버리고 싶다
진흙 속에서 몸과
발걸음이 무거워
신발이 벗겨진다
저만치 연꽃 환하게 피었다
다시 신발을 신는다.

갈매기의 기도

대이작도행
여객선 갑판 위에 서 있습니다
갈매기 떼 높이 나는 고뇌 알지 못했습니다
떼 지어 우는 소리에
먹이를 손에 들고 불렀습니다
낚아채 가는 먹이는
짜릿한 손맛을 안겼습니다
너무 빨리 달려서
마음이
따라가지 못해 초조했습니다

갑판 위에 서서
갈매기를 불렀습니다
만난 적 없는 그였지만
낯익은 모습
두 팔 벌려 반겼습니다
바람결에 흔들려도
부러지지 않는 날개를
염원하며 손을 흔들었습니다

높이 날려고 하지 마
옆에도 눈길 좀 주기 바랐습니다
코끝을 스칩니다
오랫동안 여운을 남겼습니다
그녀의 기도가
하늘에 닿기 바랍니다
갈매기
떼를 지어 날아갑니다.

여름의 뒷모습

구월
미처 떠날 준비 하지 못하고
우물쭈물하던 들국화 고개를 들었다
화사한 얼굴 보며
일 년이 저물어 가고 있구나, 고개를 떨군다

나이를 먹고 시간을 삼켜
훌쩍 널뛰기하여
발걸음이 무거워진다
초록이 넘실거리던 여름 숲길
노랑 빨강으로 옷 갈아입느라 분주하다

다시 화려한 축제가 시작되겠지
심술쟁이 가을바람이
나뭇잎 떠나게 하고
붙잡아도 뒤돌아보지 않고
달려가는 가을 문턱에서
스웨터 걸치고
자연의 법칙을 관망한다.

명품 가방

남대문시장 갔다가
딸아이 권유로
짝퉁 명품 가방 샀다
햇빛도 달빛도 보이지 않는
장롱 속에 넣어 둔 지, 8년
들고 다니자니 민망하고
그냥 두기에도 외로워 보여
애증의 세월 건너
내 손에 들리게 되었다
모르는 이는 천만 원짜리
가방 들고 다닌다고 부러워한다
그렇다고 '짝퉁이네!' 말도 못하고
내 속은 오락가락
너른 네 속은 만물상이다
립스틱 통장 카드 화장품
시장바구니 사탕 비타민
너만 들고 나가면
아쉬운 것이 없다
내가 손을 넣으면 뭐든 다 내주는
너는 하나밖에 없는 명품 가방.

자르지 마세요

인연을 엮는 이는 누구인가
부모는
친구는
높으신 그분의 부르심을 받고
신학교에 입학했다
평정심 때문일까
그의 무표정
아기새 한 마리가
비상하기 위해 날갯짓을 시작했다

그는
오직 그분만 바라보며 따르리라
가위로 자른 듯
차가운 표정
내면 속에는
어떤 인연이 자라고 있을까

하느님
그를 빛으로 보호하시고
눈과 귀는
선과 악을 구별하는 지혜를 주시고
발걸음 걸음마다 평화를 주십시오
인연을 잠시 매어놓고
자르지는 마세요

당신을 향한 마음은
소나무처럼 푸르고
바다처럼 넓으며
하늘의 별처럼 빛나게 하소서.

그림자

강남대로
람보르기니 자동차
굉음을 울리며 달려간다
후미진 뒷골목
생에 취한 청춘이 비틀거린다
가로등 불빛 그림자 만들어
잰걸음 걷는다
사람은 제 그림자 품고 걷는다

달리는 청춘
배달 오토바이 찬바람 맞으며
붉은 볼 쓰다듬고 있다
부르지도 않았는데
내 곁에 숨어 손사래친다
내 안의 또 하나의
나를 돌아보며
청춘이 그림자와
함께 저만치 걸어간다

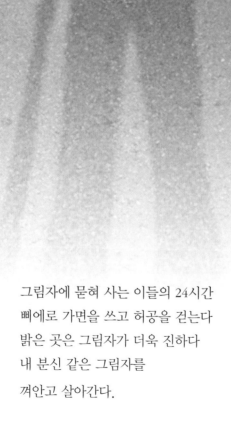

그림자에 묻혀 사는 이들의 24시간
삐에로 가면을 쓰고 허공을 걷는다
밝은 곳은 그림자가 더욱 진하다
내 분신 같은 그림자를
껴안고 살아간다.

나는 잘난 여자

그는 어김없이 만취해 들어왔다
어지러운 마음이 냉동실에서 꽁꽁 얼었다
아침 일찍 집을 나섰다
사거리 길
갈 곳이 생각나지 않아
지하철에 몸을 실었다
회현역에서 내려 남대문시장에 들어서니
물건 사라고 목청을 돋우는 사람들에 떠밀려
이곳 저곳을 기웃거렸다

온갖 생각에 젖어 걷다가
먹자골목, 순대국 한 그릇을 비웠다
정신이 번쩍 들어
남편 속옷과 아이 옷을 사들고
집으로 가는 길목
사거리 집 모퉁이에
딸을 안고 서 있는 남편의 축 처진 어깨
"다시는 마시지 않을게."
하루의 성찰이 사십이 년을 버티게 했다
나는 잘난 여자

누에

골방에서 낮게 낮게
집 짓고 살아온 날들
뽕잎 위
작은 일렁임에도
상처받고 움츠러들었다
보송보송한 나는
눈멀고 마음 흘러
가는 세월
온몸으로 견디며
품에 안고
고치집을 짓기 시작한다
1.5km 실 만들기 위해
한 올 한 올 벗겨진다
부푼 꽃망울 품은
여인의 날개가 되어
잊혀지지 않으려 애쓴다.

나비잠

익숙한 밀착
감촉이 따스하다
두 팔은 머리 위로
발밑엔 쿠션을 받치고
나비잠에 빠지는 그녀
만세를 부르며
깊은 잠 속으로 여행을 떠난다

그녀는 지친 몸으로 잰걸음 걸었다
안식처는 항상 그 자리
덩그러니 웅크리고 있다
손끝에서 온기를 뿜으며
긴장감은 사라지고
펑퍼짐한 나를 찾는다

그의 무심한 눈길을 피해
클렌징 오일로
얼굴을 문지르고
또 하나의 낯선 여인이
빠른 손놀림으로
주방에서 자리 잡는다

슬리퍼를 끌며 오가는 발걸음
바람이 비집고 들어온다
침대는 포근하게 그녀를 안는다.

내가 가장 좋아하는 옷

푸른 바다를 닮은 청바지
나를 편하게 하는 묵은지 같은
헐렁한 청바지
밥을 많이 먹고 배가 나와도
소문내지 않는
우리만 아는 비밀이 있다

걸음걸음마다
바람이 들어와 같이 걷고
계절 따라 꽃향기도 찾아온다
경쾌한 발걸음 소리가 속삭인다
아무렇게 보관해도
주름도 만들지 않고
고요하게 기다린다

동해바다 헤엄치듯
넓은 세상 꿋꿋하게 걸어간다
모래밭을 걸어가다가
툭툭 털어내면
아무 흔적도 없는 너
처음처럼 변함이 없어
너에게 반했다.

누룽지

너른 들판
한가운데 고개 꼿꼿이 들고
뜨거운 태양 맞섰다
여름 햇볕 얼굴에 피아노를 친다
상처투성이 몸은 음표가 되었다

성숙한 자태
한 톨의 알곡이 되어
고개를 깊이 숙인다
윤기 자르르 흐르고 예쁜 친구는
좋은 직장 배우자 만나
꽃가마 타고 떠났다

볼품없는 누룽지
끝까지 가마솥 지키고 있었다
불길이 뜨겁게 달려와도
울음소리 한번 내지 못하고
숨죽이며 몸을 태웠다
다시 누룽지로 태어나
구수한 냄새를 풍기는
숭늉이 되어 목젖을 적신다
그가 좋아하는 저녁이다.

배롱나무꽃

드디어 칠월이 도착했다
붉은 꽃다발 가슴에 안았다
선암사 돌담길 따라 걷다가
꽃다발 손에 들고
귀 기울여 본다
어디선가 추억을 기억하며
살아가고 있을 옛벗들
꽃잎에 담아 저장한다

백 일 동안 기도했던 염원들
과실 맺지 못하고
여름내 앞마당 지켰다
태양이 이마까지 내려왔다
땀방울로 몸이 젖어도
너를 잡지 못하고
운명에 순명한다

태양을 향해 고개 들고
두 손 모으며
석양이 고갯마루 넘을 때까지
뒤도 돌아보지 않는다
배롱나무꽃 한아름 피었다.

지렁이

며칠 동안 비가 내렸어요
본능적으로 몸이 반응하여
소풍 나왔어요
흙냄새를 따라
한 걸음씩 세상 문을 두드렸어요
모두 나를 피해 달아나네요

아스팔트 위에 널부러져요
차들이 마구 달려요
바쁘게 지나가는 사람들
발밑은 보지 않아요

밟히고 긁히면서
길 위에서 갈 길을 잃었어요
아무도 잡지 않아요
목이 말라요
숨이 차요
모두 나에게 관심이 없어요

소리 없이 몸을 일으켜 보아요
단비를 기다려요
비 냄새를 기억해요
비 냄새가 그리워요
개천가에 핀 개망초가 나를 불러요
나는 고개를 끄덕였어요
개망초 옆에 앉아
하늘을 쳐다보며 비를 맞았어요.

거꾸로 본 세상

롯데타워
서울 어디서나 보이는 마천루
체육공원을 한 바퀴 돌고
거꾸리 운동기구에 매달렸다
시원한 바람이
흙모래와 함께 뛰어와
놀라 비껴갔다
낯선 풍경은
눈앞에서 빙글빙글 바쁘게 돌아간다

낙엽이 바스락 속삭인다
낯선 이의 등장에
꽃잎 풀잎들이 긴장의 끈을
꼿꼿이 당기고 응시한다
키 작은 잡초와 눈인사하고
거꾸리에서 내려오니
마천루가 눈앞에 우뚝 서 있다

땅속에 행성 기지국이 생겼다
지하철 GTX SRT
경쟁하며 질주한다
지상에서 달리는 자동차
하늘에는 비행기
거미줄 얽히듯 날아다니고
철새들은 방향을 잡지 못하고
방황하고 있다

자꾸 거꾸로 가는 시절
내 생은 어디쯤 가고 있을까?

마음 그릇

내 마음은
세월이 지나도
좀체 변하지 않는다
아내로 엄마로
겉모습 요란하게
세상 벌판을 지나다가
나를 띄우는 말에
귀가 쫑긋 서고
백화점 쇼윈도에 걸린
멋스런 옷을 걸쳐 본다

하느님 말씀을 매주 들어도
세상 이치는 어렵기만 해
세상은 둥글게 돌아간다
구멍 난 마음으로
두려움이 통과하고
들판 한가운데에서 휘청이며
아이의 눈빛에도
흔들리는 이내 마음
그릇에 얌전히 앉혀 놓고
아무렇지 않은 척
의연하게 살아간다.

감자

내 생각만 바르다고
앞만 보고 달렸다
쉬지 않고 헤엄쳐 오는 시간 속에
허우적거리며 터널을 지나왔다

커가는 동기들
한줄기에서 나온 감자 남매는
고장 난 지퍼처럼
채워지지 않고 균형을 잃었다
햇볕에 바래 파랗게 멍들어 가고
아린 맛만 감돌다 시들어 갔다

등 돌리고 단풍 든 나무만 바라본다
늦가을 바람이
소원해진 남매의 옷자락 속으로 파고들어
단단히 옷깃을 여민다
감자는 제각기 뒹굴다 시들어
싹도 피우지 못했다.

새벽 산행

시월 초
백담사 계곡으로 봉정암에 올랐다
수험생 백일기도 중이라
밤새도록 불공을 드리고 있었다
불경 소리와 목탁 소리는
깊은 골짜기를 흔들어
잎새들도 잠 못 들고
달빛도 흔들렸다

새벽 다섯 시
대청봉 길을 올랐다
밤새 내린 서리가 눈꽃처럼 피어
바짓가랑이를 잡고 늘어졌다
새벽 바람을 안고
한 걸음 한 걸음 내딛는 삶의 계곡
여명이 빛 속으로 이끌었다

소청봉에서 일출을 만났다
산허리를 휘감고 있는 운무
너른 태평양 한가운데
어느 섬에 와 있는 나를 만났다
바람 소리 가슴속을 헤집는다
백담사 계곡물 합창을 들으며
산행 후 발 담그고
함께한 당신의 소중함을 알았다.

새참

강릉 사천은 들녘이 넓다
구불구불 논두렁길
여덟 살 여자아이
큰 막걸리 주전자 들고 걸어갔다
함지박에 잔치국수
머리에 이고 앞서가는 엄마
발걸음이 너울너울 춤을 춘다

새참보다 더 기다린 막걸리
한잔 술에 즐거워하시던
큰댁 아저씨 모습 눈에 선하다
빈집만 덩그러니 남은 고향
들길 너머 환한 신작로
꿈길처럼 환하다
고모들과 그 시절로 돌아가
굿거리장단에 맞춰
얘기 속으로 빠져든다.

오징어의 추억

양양 바닷가
새벽바람 맞으며
솔밭길을 걸었다
"싱싱한 오징어 있어요!"
좌판에 나앉은 오징어
다섯 마리 사서
숙소로 돌아왔다

야들야들 윤기 도는 오징어
끓는 물에 살짝 데쳐
초장 찍어 먹으면
입안이 행복하다

이제 오징어는 귀한 몸이 되었다
동해에서 만난 오징어
인연의 끈 놓지 못해
서해에서 인생의 허기를 느낀다.

가을 한계령

시월 중순
가족과 함께 속초 양양에 갔다
한계령에 접어드니
화려한 풍경에
차들은 앞으로 나아가지 못하고
감탄만 하고 있었다
어느 조각가가 이토록
솜씨를 뽐냈을까
바위와 단풍의 조화로움은
나를 작아지게 했다
울퉁불퉁 오솔길 맑은 물 흐르는
주전골 바위에 걸터앉아
심호흡하며 바람의
귓속말을 듣는다
흘려보낸 젊은 날의 시간이
계곡물 따라 떠내려갔다.

고인돌

어느 선비의 무덤일까?
용맹하게 살다 간 장군의 무덤일까?

고인돌에도 신분의 차이 있었다
고급스럽고 큰 돌
초라하고 작은 돌
황량한 들판에 돌쇠 바람

세차게 불며 지나간다.

절취선

이사를 했다
지인들이 부자 되라고
롤 화장지를 선물했다
쓸 때마다
세 칸 네 칸 절취선에 기대어
칸을 나누고 있다
허무하게 흰 꼬리 흔들며
사라지는 흔적
절취선에 멈춰 잠시 망설인다
과감하게 네 칸을 자르고
단정하게 포개어
연애편지 보내듯
은밀하게 떠나보낸다
절취선 따라 잘려나간
속절없이 무너지는 하얀 거품
넓게 날개를 펼치고
옹졸한 마음 떠나보낸다
내 마음에 절취선 하나 만들어
너에게 보낸다.

서울 둘레길 완주

서울 둘레길 완주를 목표로
걷고 또 걸었다
서울에서 오십 년을 살았으나
가 본 곳보다
가 보지 않은 곳이 더 많아
선두 발꿈치만 따라갔다
힘든 코스 지날 때는
앞선 발자국 놓칠세라
헐떡이며 걸었다

초록이 넘실거리는 숲길
날숨 한 번 내쉬고 산허리에 올랐다
찬바람 부는 겨울엔
눈만 내놓고 걸었다
바람이 나를 흔들어
번뇌의 끈을 놓고 하산할 때는
우리의 아름다운 동행길
서울에 내 발자국 진하게 찍었다.

제3부
그분의 손길 안에서

나를 믿는 사람은
결코 목마르지 않을 것이다
[요한복음 6장 35절]

채워도 채워도
만족 없는 마음에
불나방이 날아다녀요
지칠 줄 몰라요
강력한 힘에 끌려다녀요
사물의 운행을
이해하지 못했어요
한숨 속에 지쳐갔어요

진리의 말씀을 꼭 품었어요

날개가 달렸어요
구름 위로 둥둥 떠다녀요
아주 작은 일에도 웃어요
감사해요

배가 고프지 않아요
든든한 후견인이 생겼어요
갈증 따위는 한강에 띄워 보냈어요
순풍에 돛 달고 달려가네요
향기로운 꽃길이 보여요

사계절 고운 모습으로 안아 줘요
오랜 세월 에돌아온
안식처에 샘물이 퐁퐁 솟아나요
매일 그 물을 마셔요
하늘에서 생명의 말씀이
반짝반짝 쏟아져요.

우리 안에 계시는 주님

폭풍우 속 같은 우리
두렵지만 겁내지 마라
믿음과 두려움은 마음
안에서 매일 다툰다

IT산업이 세계에서
제일 발달했다는데
젊은이들이
타로점 철학관
무속신앙에 빠져들고 있다
일자리 결혼 내 집 마련
높은 담을 넘지 못하고
두려워 떨고 있다

세례받으며 맡기고 살겠다고
무릎 꿇고 맹세했다
폭풍우 속에서도
그분의 이끄심으로 헤쳐나가
최악의 나를 감당하며
최상의 나를 지키며 살자

하느님!
두 손을 모으고 눈을 감아요
내 속으로 오셔서
좌정해 주세요.

그분의 손길 안에서

저녁노을 바라보며
문득 그분을 떠올립니다
가슴이 벅차오르고 뿌듯합니다
그녀는 변덕쟁이
따뜻하게 품었다가 찬바람 불다가
욕심이 얽혀 곁눈질로 바라보고
잘난 척 걷습니다
늘 넓은 가슴으로
품어 주었습니다
오락가락하는 마음에
고개 숙여 성호를 그으며
참회의 눈물을 흘립니다
까치가 창밖에서 그녀를 봅니다
그녀는 어느 별에서 왔길래
이토록 그분의 은총 속에서 살고 있을까요

"무엇보다도 네 마음을 지켜라
그것이 바로 복된 삶의 샘이다."(잠언 4장 23절)
그분을 쳐다봅니다
언제나 그분은
미소 지으며 바라봅니다
참으로 은혜로운 분입니다.

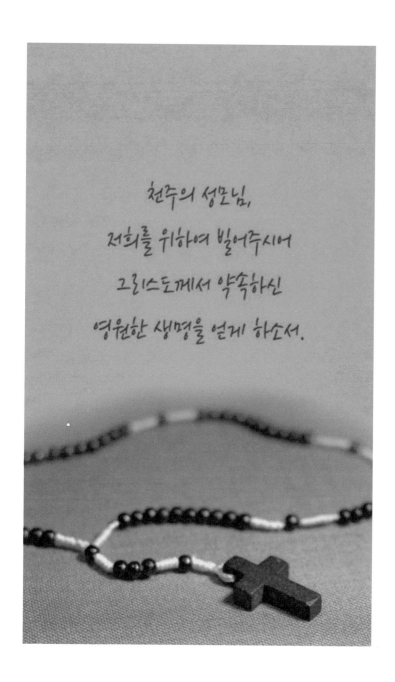

천주의 성모님,

저희를 위하여 빌어주시어

그리스도께서 약속하신

영원한 생명을 얻게 하소서.

불평 금지

로마 교황청 교황님 방문 앞에
'불평 금지'라는
푯말이 붙어 있다고 한다
이 말씀 들으며
가만히 나를 돌아보다가
부끄러워 홍당무가 되었다

수많은 축복을 옆구리에 끼고 살았다
눈멀고 마음 멀어
욕심은 하늘을 찔렀다
건강하게 살아 있으매
일용할 양식을 주셨으니
거주할 집을 주셨으매
티격태격 배우자가 있으니
골프공같이 개성 있는
자식들이 있으매
고집을 부리고 투정 부리는
어머니가 계시니 고맙습니다

불평의 자루는
대문 밖에 던져 놓고
감사를 가슴에 끌어안고
세찬 파도가 밀려와도
이리저리 휘청거리다
평안의 안식처로
노 저어 간다.

부르심

속초에서 이사와
대도시 생활에 전전긍긍할 때
명동성당에 발길이 닿았다
오래전부터 살았던 낯익은 곳에
이끌려 성전으로 들어갔다
청년 교리반에 등록했다
아버지 어머니 반대로
삼수 만에 세례를 받던 날
가슴속 깊은 곳에서
끓어오르는 눈물을 흘렸다

스물셋 그녀는
십자고상 앞에서
작아지는 자신을 발견했다
살아가는 잣대도
신앙생활을 하며 배웠다
시간이 흘러
아버지 어머니 그리고 온 가족이
신앙 안에서 감사하며 살아가고 있다
인생 살아가는 순리를 깨달았다

주님! 나의 인생길을 밝혀 주소서.

나

비 오는 일요일
남편과 성당 미사에 참석했다
엄마를 떠올리며
마음의 끈을 연결해 보았다
"엄마 걷기만 해."
이렇게 고백하고 나니
눈물이 핑 돌았다

떠나 버린 시간의 흔적들이
고스란히 엄마와 맞닿아 있어
계절 변화에 영혼을 꺼내 맡기고
눈을 감으면
나는 여기에 없고
너도 여기에 없고
온통 엄마의 환영이
안개 속에 떠 있다

나는 누구였지
엄마도 내가 아니고
나도 엄마가 아니어서
그분 앞에 무릎을 꿇어 본다.

지하철의 낙타

복정역
배낭을 멘 노인이
구부정하게 들어온다
앉을 자리 찾느라 눈이 번뜩인다
노약자 자리에 앉아
초췌한 눈빛으로 응시한다
낙타 봉우리 배낭을
등에 지고 휘적휘적
가락시장역에서 내린다
가슴에서 썰물이 밀려간다

쭉정이만 남은 아버지
퇴직하고 어깨 축 늘어뜨리고
지하철 배회하셨다
건너편 아버지는 내가 모르지만
그때의 기억들이
숙연하게 내 속을 가로지른다

아버지의 등에 솟은 낙타봉에는
평생을 마셔도 마르지 않는
물이 가득했었는데
아버지는
하늘나라로 이사 가셨다
낙타봉만 눈에 아른거린다.

사람이 온다

2025년 2월 22일
쌀쌀한 봄바람을 안고
명동성당 계단을 올랐다

고명딸인 내게 예쁜 여동생이 생겼다
그녀는 내 보호 본능을 일으켰다
곱슬머리에 단단한 눈썹
그녀는 인연이라는
끈을 잡고 촉촉하게 스며들었다

내 인연은 행복했으면 좋겠다
늘 웃고 있는 그녀를
자주 봤으면 좋겠다
화목하고 건강하게 살아가기를 기도한다

겨울 끝자락에서
주님은 내게 가슴을 열어 주셨다
넓지도 좁지도 않은 마음
갈등은 쉽게 정리되고
그녀를 가슴으로 안아 주었다

등을 밀어 주는 바람 덕분에
가벼운 발걸음으로 돌아왔다
마음이 닿는 길
멀고도 가까이 온 사람.

소풍

돌아가신 분들을 위해 기도하는
11월 위령성월
용인 가톨릭 성직자 묘역에 갔다
초겨울 찬 바람에 낙엽들은
갈지자걸음을 걷고
위태롭게 매달린 나뭇잎은 곡예를 한다

세상에 소풍 왔다가
거룩하게 살다 가신 님들을 기리며
'산으로 간 고등어'집에서 점심 먹고
커피를 마시며 종교에 대해 이야기했다
아들이 사제가 되었다는 한 여인의 얘기가
가슴 명치 끝에 남았다

내가 하느님 앞에 무릎 꿇었을 때
어머니가 찢어 버린 세 권의 교리책
내 이상은 하늘과 땅 사이를 오고 갔다
구름 한 점 없는 새파란 하늘을 바라보며
이 시간을 허락해 주신
주님께 감사 기도 드렸다.

데칼코마니

안개 자욱한 저편
바바리코트가 지나간다
꼿꼿한 걸음걸이
옛날 친척들 이야기
그칠 줄 모른다
부녀는 오늘도
머리카락 휘날리며 걷는다

경동시장 어물전
비릿한 냄새
싸게 사려고 흥정한다
엄마를 보고 자란 나는
뒤도 돌아보지 않고 걷는다

엄마와 어릴 적 얘길 하며 웃는다
사진첩에 차곡차곡 쌓인
얘기들 층층이다
엄마 옆에서
나는 비로소 철들어 간다.

모녀의 인연

며칠 못 뵈면 궁금해서
반찬을 만들어 간다
환하게 웃으시는 모습 보면
마음이 푹 퍼진다

울 엄마,
상처 주는 말도 많이 했지만
화해하고 안아 주고 후회했다
엄마가 아이가 되니
나는 철들어 간다

일제강점기 6·25전쟁 겪으며
삶이 할퀴고 간 자리
어제 일처럼 옆에 두고 사신다
자식들 위해 발바닥은 거북등
손은 바위손이 되었고
정신줄 놓았다 당겼다 하신다

모녀라는 인연은
하늘의 별을 놓아 둔 것 같다
아이처럼 걱정하며 마주친 눈빛
청초하게 빛난다.

바람은 어디서 오나

9월 아침
찬바람이 옆구리를 비집고 들어온다
발꿈치를 들고 주방으로 간다

갓 지은 밥에 계란 프라이 하나
김가루를 넣고
간장 조금 참기름 한 수저
동그랗게 뭉친다
속을 채운 가족들이 현관을 나선다

커피 향에 젖어
음악에 몸을 맡긴다
기억이 가물가물한
엄마 등에 비누칠을 했다
시원하다고 좋아하는 엄마
집에 두고 돌아왔다

새벽녘 전화에
5만6천 원이 없어졌다고 소리 지른다
치매와 씨름 중인 엄마의 일상
가슴이 쿵 내려앉는다
바람이 내 가슴에 바늘이 되어 꽂힌다.

버스정류장

5일 장날이 저물어 간다
어스름 달빛 아래 출렁이며
검은 그림자 길게 눕는다
오솔길 굽이 돌아 해안도로 달려
시골 버스정류장
함지박 머리에 이고
어린아이 업은 아낙네
일바지가 허리춤에 둘둘 말려 있다
굳은살 밴 두툼한 손마디가 춤춘다
젊은 어머니
힘겹게 버스에서 내리신다

어머니를 기다리던
고향 버스정류장에 차를 세웠다
붉은 신호등에 걸려 있는
세월을 건너고 있다
가슴에 흐르는 서늘한 서러움
침묵 속에 지나가는 어느 날의 흔적
아버지가 버스정류장에서
활짝 웃으며
두 팔 벌려 반긴다.

핸드폰에 꽂히다

2호선 지하철
명동성당 가는 길이다
모두 고개를 숙이고
묵언 수행 중
네모 상자에 눈빛 고정이다
다른 이들에겐 관심 없다
핸드폰 화면 속으로
빨려 들어가는 사람들
내 생각은 어디쯤 있을까
미디어의 노예가
되어 가는 현대인
어디에 도착해 있을까
심장 뛰는 소리 같다
청춘 남녀
인연이 스쳐 지나간다.

벚꽃

봄에 태어나 봄이 좋다
사춘기 때는 괜스레 새초롬하게
가슴앓이도 했다

퇴촌 강가 벚꽃길
엄마와 데이트 나갔다
가지마다 하얀 속삭임
팝콘같이 부풀어올라
엄마도 소녀처럼 좋아하신다

"벚꽃이 정말 예쁘다.
내년에도 볼 수 있을까?"
허덕이며 사느라
꽃구경 몇 번 못하신 엄마
괜찮은 척 명랑하게
"그럼 또 볼 수 있지요."

봄바람이 흔들어 부서지는
은빛 물보라를 보며
내년에 또 오자고 맹세한다
눈부신 꽃길 함께 걸어요.

아버지의 발

십 년이 지났지만
아버지의 마지막 발을 기억합니다
갈라지고 두꺼운 거친 발
두 손으로 잡았지요
당신의 발길을 따라 살아왔어요

아버지를 보내는 날
만난 적 없는 먼 친척들
닮은 듯 다른 사람들
혈육으로 이어져
그 뒤를 따라가고 있었죠

조상님이 계신 선산에
아버지를 모시고
내 마음도 머물러
아늑했어요

아버지의 지침서대로
발길을 따라가고 있어요
선산 밤나무가
알밤을 흘리며 반기더이다

단층 위에 겹겹이 쌓인
세월의 흔적은 당신
뒤를 따라 걷습니다
동해바다 바람에
춥지는 않으신지요?

아버지가 그립습니다.

산소 가는 길

아버지 하늘로 떠나신 지
9년이 지났지만
벽을 뚫지 못하고 끊어진 인연
가슴이 아려옵니다

피를 토할 듯한 멋진 노을 아래서
보름달 뜨는 달 밝은 밤에도
꿈속에서 만나 잠 설치다 깬 새벽녘에도

아버지!
고향 선산 양지바른 곳에
모셨으니 나를 잊지 않으셨지요?
별이 된 당신을 만나기 위해
224km를 달려갑니다

천륜으로 맺어진 인연
하늘 한구석에 당신의
자리를 비워 둡니다.

세월 속 고운 얼굴

구십일 세 고모님 댁을 방문했다
평생 고운 모습 간직하고 살아오신 분
몇 년 만에 만난
익숙한 얼굴은 오간 데 없고
구부정한 허리 몇 올 안 남은 머리카락
뼈만 남은 작은 몸
목소리는 쩌렁쩌렁
눈빛은 초롱초롱하다

세상의 이치를 조금 알고
철이 들어가는데
시간은 기다려 주지 않는다
시린 바람이 가슴 안으로 곤두박질쳤다
인생이 저물어 가는 고모님
내 걱정 많이 하신다
욕심내지 말고 건강 해치지 말고
순리대로 살라 하신다

이른 저녁을 먹고 돌아오는 길
석양에 그리움 한가득 담아
쓸쓸하게 귀가했다.

소나무

내 고향 강릉 사천 뒷동산에는
유난히 소나무가 많다
바라만 봐도 마음이 편안해
추억 속 향기로 너를 찾았다
겹겹이 두꺼운 갑옷으로
품위 유지하느라
긴 세월 외로이 한결같이 지켜왔다
억겁의 인연 따라 만났으니
연민으로 얼싸안아 본다
오랜 기다림에 옹이가 되어
생채기 아픔을 참고
내 옷은 더 푸르고 단단해졌다.

밥

퇴근길
왼쪽으로 기운
남자가 휘청거린다
등 뒤로 석양이 붉다

어스름한 골목길 돌아
담장에 늘어진 능소화
그림자 뒤로
붉은 벽돌 이층집 앞
긴장이 풀린다

마당에 흰둥이가
바짓가랑이 물고 돈다
계단을 올라
된장찌개 향이
코끝으로 밀려오는 주방
따뜻한 식탁등이
웃으며 맞아 준다.

베개

뽀얗게 웃는 베개는
숙면으로 나를 보듬는다
내 베개 옆에는
언제나 곰돌이 인형이
밤을 지켜 준다

베갯잇에 얼룩무늬가 생겼다
검은 얼룩에 자꾸 눈길이 간다
그랬구나,
그가 염색을 하며 생기기 시작한 자국

그 무늬가
마음속에 들어와 주름을 잡았다
침대 커버랑 세트로 구입해도
초라하게 쭈그러져
슬픈 표정이 되어 간다
베개에 가운을 입혀도
자꾸 보게 된다
그의 흰머리는 자꾸 자라고
염색 자국은 늘어만 간다.

부뚜막

나는 맏딸이다
아홉 살 때
엄마가 장에 갔다 늦게 오신 날
아궁이에 불을 때고
부뚜막에 올라가
가마솥에 밥을 했다고 한다
시간을 업고 달려와
일가친척이 하나둘 떠난
빗장 지른 쓸쓸한
고향 집을 그려 본다
나뭇가지 무릎에 대고 꺾어
아궁이에 넣고 활활 타는
불꽃을 바라보며
엄마를 기다리던 기억
이제
정신줄 희미해져 가는 엄마
싱크대에 서서
오징어볶음을 하며
철들어 가는 나를 본다.

살림 솜씨

노환으로 일상생활이 어려운 어머니
2년여 동안 반찬을 해 나르며
마침내 달인이 됐다
어머니가 좋아하는 반찬은
아이들이 싫어하고
식탁에는 한식과
국적 불명의 퓨전요리가 오른다
살림 솜씨는 나날이 진화하여
된장을 담그고 김장김치를 만들며
계절을 보내고 또 맞는다
어머니 반찬을 만들며
늘어나는 살림 솜씨
핸드백 속에 시장바구니를
장착하고 언제 어디서든 장을 본다
사는 게 참 가슴 시리다
세월의 무게를 지고
지나가는 풍경 속에
펑퍼짐한 중년 여인의 손끝에서
살림살이는 더욱 단단해진다.

김장

김장철이 되면 여기저기서
김장 재료 선물이 도착했다
올해도 멸치액젓 새우젓 찹쌀풀 청각
마늘 쪽파 생강 대파 무채 썰어
나만의 김치속을 만들었다
김장은 우리 집 축제
아이들은 수육에 겉절이를 기대하며
입맛을 다시고
남편은 김치통 한쪽을 거들었다

김장날은 내가 대장이다
분주히 김장을 끝내고
이튿날 회를 사 달란다
가락시장 회센터에서 모듬회를 먹고
소주 한잔 마셨다
그러고 보니 비싼 김장이 되었다
내년을 위해 통 크게 한턱 쐈다
입속에서 버무려진 배추김치
싱싱한 회 한 점이 가을을 마무리했다.

국화꽃차

시들 때까지 바라보면 좋으련만
예쁘게 피어 방긋 웃는 국화꽃
톡 따서
팬 위에 올려놓고
달달 덖는다

꽃잎 고개 떨구고
온몸 비틀며 고통스러워
몇 번을 더 거듭나야
향기 품은 차로 태어날까?

한강 옆에서

한강 옆에서 45년을 살았다
익숙한 풍경
고향과 비슷한 동네
마음을 열고 들으면
지금도 물소리가 들린다

우리의 아름다운 동행은
나를 영글게 했다
위례 신도시로 이사와
5년이 지나갔다
눈을 감으면 보이는 그곳
한강 옆 동네
젊은 날 나의 발자국이 찍혀 있다

낡은 집 헐고
새로 지은 둥지 같은 집
이제는 낯설어
한강 다리 건널 때
물 위에 흔들린다.

가을 나무

여태까지 어깨에 짊어지고 지내던
나의 분신 나뭇잎들이

화려한 파티를 끝내고
하나둘 내 곁을 떠난다

잎새들이 떠난 앙상한 가지에
고즈넉한 가을바람이 분다

겨우살이

초록의 두꺼운 옷을 벗은
앙상한 나뭇가지 위
원두막 짓고 더부살이 산다
남의 집 다락에 뿌리를 내리고

마치 내 집인 양 산다
겨울바람에도 꿋꿋이
살아가는 여린 나뭇가지 집
강인한 생명력을 느낀다

6·25전쟁 때 실향민으로
겪었던 옛날 이야기 속
씩씩한 울 엄마 생각난다.

제4부
바람이 토해 내는 말

비

보슬비가 내린다
비 오는 아침은 어둑하다
여름이 밀고 들어오려는지
끈끈하고 무더운 공기가 창문을 때린다

비 내리는 공원을 바라보니
그리움이 밀려온다
비가 가슴을 파고들어
이슬로 맺힌다

여릿한 꽃잎 떨어져
길바닥이 사태다
세월의 무게를 업고
스쳐간 풍경 속 젊은 날이
아련하게 스친다

갱년기
시간의 강도 건넜는데
너른 들판 한가운데
안개비 조용히 내려
바람이 껴안고 흘러간다.

사랑의 방식

다섯 살 때부터 닦달했다
원하는 것 다해 주면
좋은 대학 갈 거라고 생각했다
창문마다 펄럭이는
푸른 꿈을 걸쳐놓고
예체능과 영어 공부를 시켰다

내 어린 시절 결핍을
딸아이에게 기대하고
높고 높은 탑을 쌓았다
그때는 그래야만 되는 줄 알았다
그러지 않으면
뒤처질 줄 알고 노심초사했다

사랑은 시간을 건너갔다
딸은 원하는 전공도 놓치고
깊고 넓은 바다를 건너왔다
너를 내 가슴에 끌어안고
가야 할 인생길에 징검다리 놓아 줄게
건너다가 힘들면 손 내밀려무나
저 멀리 등대 불빛 빛나고 있다
너를 환하게 비추고 있다.

샐비어꽃

다홍치마 초록저고리
폐백 보따리 싸들고
시골길 덜컹거리며 갔다
두루마기 한복에 갓 쓴 어른들
대청마루 방마다 가득 찼다
모두들 탐색하느라 눈이 반짝인다

귓속말로 수군수군
억센 사투리, 마음이 아찔했다
이방인의 출현에 외양간 송아지
큰 눈 꿈뻑 마주쳤다
대청마루에 앉아 있던 색시는
다리에 쥐가 나 콧잔등에 침을 발랐다

그가 건넌방으로 이끌었다
막내며느리 바라보는 시어머니 눈빛
봄볕처럼 따뜻하고
마당에 있는 펌프가
추억의 징검다리 되어 정겨웠다

샐비어 계절
무더운 여름도 건너보고
태풍도 맞고 잘 살아온 그녀는
뒷동산 진달래꽃밭에서 사진 한 컷
"고생 안 시킬게."
맹세한 그는
가장으로 성실하게 살았다

다홍치마 초록저고리
샐비어꽃을 보며
새색시 적
추억을 떠올려 본다
아득한 그 시절이 어제 일 같다.

별 받아먹던 시절

고향 집 앞마당에
여름 해 물러가면
아버지 멍석 옆에 쑥모깃불 피우셨다
가족들 머리 위로 쏟아지는 별무리
아버지 무릎 베고 누워
찐옥수수 입안에서 톡톡 터지면
별 하나가 내려와 앉고
포실한 감자 나를 감쌌다

아버지가 들려주시던 무서운 이야기
등골이 오싹해
화장실도 못 가고 뒷걸음질쳤다
동생은 이불에 지도를 그려
아침에 키를 쓰고 소금 얻으러 다녔다

스쳐가는 순간들
눈을 감으면 사진처럼 선명해
여름밤이 깊어지면
고향 집 멍석에서
별 받아먹던 시절
여기에 와 있다.

내게 애인이 생겼어요

이십 대 초부터
가수 조용필에 빠져
가슴앓이하며 지냈다
범접할 수 없는 아우라
늦도록 음악을 듣느라
새벽잠에 취했다
몸에 걸터앉은 낙엽처럼
애절한 목소리에 끌려
가슴에 끌어안고 지낸 시절
세월의 시계추와 함께 지나갔다
나의 이십 대는 조용필이 애인이었다

어느 날 트롯 경연대회에서
내 귀를 뚫고 들어온 소리
"막걸리 한잔~"
시원한 목소리에 끌려 사랑에 빠지고 말았다
청량제 같은 매력 터트리듯
내 마음 쓸어내렸다
가슴 설레게 하는 영탁 씨!
육십 대에 애인이 생겼다.

겨울 바다

겨울 바닷가
모래사장에 서 있다
속내를 드러내지 않은 너는
흰 거품 물고 와
지친 삶의 언저리를 다독인다
파도가 말을 걸어오는
쓸쓸한 겨울 바다

여름날 뜨겁게 달구었던 애기들이
한 조각 추억으로
모래사장에 발자국을 남겼다
마음을 토해 내도
넓은 가슴을 열어 안아 주었다

모래를 움켜쥔다
흔적만 남았다
겨울 바다는 신음 소리를 내며
외로움을 토해 낸다
바람 소리가
허공에 떠도는 옛이야기를 들려준다
그녀는
추억의 페이지에 묻어 두었다.

골프를 치며

골프에 입문한 지 십오 년
그러나 좀체 늘지 않는다

골프장에 간 네 여인
점수에 집착하며
신경을 곤두세운다
허공을 향해
붙잡는 이도 없는데
쏜살같이 날아가
산 속에 안착한다
한참을 바라보고 서 있다
말 안 듣는 사춘기 아들 같다

욕심껏 힘을 주어 치면
더 제멋대로 가 버린다
한 박자 늦춰 살짝 치면
나이스 샷!
작은 골프공 앞에
겸손해지는 마음
흔들리지 말고
잘 보듬어 말 잘 듣는
친구 같은 자식으로 만들자.

나는 최고야

그녀는 잘난 체를 잘한다
십여 년 전
한 지인은 대단한 집
사모님인 줄 알았단다
부끄러워 홍당무가 됐다

내 안에
어린아이 하나가 자꾸 튀어나온다
고개를 숙이고
겸손하게 살자
최면을 걸고 하늘을 쳐다본다

초겨울 하늘 아래
낙엽이 부들부들 떨고 있다
영원할 것 같았던 푸른 날들
태풍 몇 번 지나가고
찬 바람 불어오니
윤기 잃고 마른 잎새에
아름다운 청춘은 사라지고
최고인 줄 알고 살았던
지난날이 스산하게 지나간다.

우등상

그대가 내게 온 날
가슴이 벅차올라
입꼬리가 가만히 있지 못했지요
마음을 흔들어 놓고
해맑게 웃고 있는 그대는
어깨를 한껏 올려 주었어요

얼굴빛이 달라졌어요
눈도 빛났어요
그는 아주 가끔 찾아와
내 목이 길어졌어요
그를 가까이 두려고
안간힘을 썼어요

늘 도망만 다니는 그
초등 시절 몇 번 받은 우등상장
계절이 바뀔 때마다
옛 생각으로 빙그레 웃었어요

나의 자랑 그를 코팅해
서랍 속에 넣어 놓고
소중하게 간직하고 있어요

나의 소중한 당신
나의 자랑
나의 자존심
내 아버지의 마음이
간직해 준 상장
묵은 일기장 속에서
빛나고 있어요.

담쟁이

빨강 벽돌 담벼락에 거미줄 얼기설기
생명줄 질기게 이어 간다

겨울날 산책길에 진짜 살아 있을까?
톡 건드려 보기도 했다

이른 봄 새순이 움틀 때
계절의 정직함과
자연의 섭리 알았다

솔바람 불 때 파르르 떨며
붉은 옷 갈아입고
빛을 발하며 춤추고 있다.

냉장고

간밤에 냉장고 문이 열려 있어
주방 바닥에 홍수가 났다
우리 집에 온 지 십 년
목이 타는 듯한 신음 소리를 낸다

아직 헤어지기 싫은 얼굴
애프터서비스를 신청했다
부품이 없어 수리가 안 된다고 해
떠나 보낼 결심을 했다

늘 함께해 온 냉장고
우리의 십 년은 둘만의 비밀로
아무에게도 속을 보여 주지 않았다
채 정리하지 못한 내 마음도
꾸역꾸역 구겨 넣으면
넓은 마음으로 다 받아 주었는데

너를 떠나보내며
가슴에 한기가 몰려왔다
인연을 놓지 못하고
서운한 마음 삼키며
반짝반짝 닦아서 보냈다.

삼겹살 파티

단독주택 옥상 텃밭에
상추 고추 부추 가지 호박 싱그럽다
바람 좋고 햇볕 잘 드는 텃밭
대도시 서울에서
옛 시절 향수 나날이 자라나
여름밤 지인들을 불러 삼겹살 파티를 했다

잘 자란 야채와 찰떡궁합
참숯불 위
온몸에 땀을 흘리고 있는 삼겹살
집게로 집으니 심장 뛰는 소리가 들리는 듯했다
참기름을 살짝 찍어
그의 입에 넣어 주고
마주 보며 웃는다

그 집 앞에서 지난 흔적 돌아보며
대문을 열고 옥상으로 올라갔다
삼겹살의 달짝지근한 맛
상추를 솎고 깻잎을 따는 시간
삼겹살 익어가는 냄새가 번져온다.

끓는다

둥근달이 추석을 데리고 왔다
차례와 제사로
집 안이 부글부글 끓는다
아들들은 모두 효자다
조상은 아슬아슬 두 귀를 막는다
이제 시절의 변화로
명절 차례는 해외 여행을 떠난다
조상님들도 비행기 타고 세계를 누빈다
노모는 눈치만 보고
혼잣말로 입술을 들썩인다
가족 모두 가톨릭 신자이니
성당에서 합동 차례를 지내고
제사도 연미사로 정했다
어깨 위에 앉았던 무게 하나가 내려졌다
어머니는 삼 남매를 앞세우고
성근 발걸음으로 성당으로 들어가신다
끓던 추석의 한 날이
비등점 고지에서 내려지고
평화가 찾아왔다.

노을

진도 세방낙조에서
석양을 보았다
다섯 여인 모두
붉은빛에 취해 비틀거렸다

춤추는 바다
마지막 숨을 헐떡이며
벌겋게 온몸을 불사르고 있다

노을은 가슴을 시리게 한다
그리움이 멀찍이 걸어온다
둥글게 돌아가는 세상
질 때와 뜰 때를 알아
톱니바퀴 돌아가듯 잘도 돌아간다.

스카프

수은주 33도
에어컨 바람에
목감기가 걸렸다
스카프를 목에 두르고
여름 길을 걷는다

친구들은 내 속도 모르고
머플러 여인이라 부른다
가을 바람 들어오면
옷장 문을 열고
머플러를 꺼내 가을을
목에 두른다

내 목에 걸터앉은 머플러
내 속을 툭 터놓아도 좋은 친구
어깨 나란히
가을 속으로 당당히 걸어간다.

스물세 살의 추억

스물세 살 어느 날
영화를 보기 위해
명보제과에서 기다리고 있는데
여종업원이 쟁반 가득 빵을 들고 왔다
잘못 온 거라 하자, 저쪽을 가리켰다
대위 아저씨가 씽긋 웃고 있었다
목례를 하고 빵을 입속으로 밀어넣었다
달콤했다

대위 아저씨
우리 쪽으로 성큼성큼 오더니
"맛있게 드십시오" 한다
밝게 웃는 우리 모습이 눈에 들어왔다며
부대로 위문편지 보내 달라고 했다

편지를 주고받았다
계절이 바뀔 때 휴가를 나온다고 해
마음을 졸였지만, 그것이 끝이었다

시간의 물살을 건너
생각하니 풋풋했던 시절
추억의 한 페이지가 되었다.

바람으로 걷다

위례공원에 황톳길이 생겼다
눈도장만 찍다가
저녁을 먹고 나갔다
맨발에 닿는 감촉이 좋다
나도 흙으로 빚어졌겠지?

숲길로 접어들면
코끝에 스치는 바람이 밀당을 한다
등 뒤에서 밀기도 하고
내 앞에 우뚝 서기도 한다
지치고 시든 마음
누룽지 같은 흙냄새 위로를 받는다

빨강 반바지를 입고
바람 속으로 걸어간다
고추잠자리와 눈인사하며
4km 황톳길을 걷는다

나무가 지나간다
새가 날아간다
나는 족적을 남기며
걷고 또 걷는다.

낙엽 지는 길

11월, 해가 지고 있다
고즈넉한 공원길
겨울이 문턱 앞에 와 있다
마른 낙엽이 속삭인다

낙엽 위를 걷는다
낙엽에서 음악 소리가 들린다
걸음에 맞춰 춤추는 낙엽
작별 인사도 하지 못했다

나무는 아낌없이 보낸다
둥지를 떠나는 나뭇잎들
겨울의 길목에서 붙잡지 못했는데
아낌없이 준 나무는
미련이 없는 것일까?

소리 죽여 때를 기다린다
다시 만날 때와 헤어짐의 시간
낙엽은 가던 길을 가고
나는 집으로 발걸음을 옮긴다.

바람이 운다

태풍 링링이
한반도에 도착한다는 소식
고층아파트 벽에 바람이 충돌했다
아프다는 말도 못하고
멍든 바람은 하늘만 쳐다보았다

문틈 사이로
겨울바람이 비집고 들어와
밤새 윙윙 울어댔다
거실을 서성거리는 그녀
잠은 멀리 달아나 버렸다

베란다 창으로 밀고 들어오는
낯선 방문자
성큼 안방으로 들어와
따뜻한 공기를 내몰았다
방문을 닫고
마음도 단단히 채웠다

한강둔치 나무도 휘청거린다
태풍이 지나가길 기다려
바람이 토해 내는 말
마음에 구멍이 생겨
이웃집 유리창도 울었다
일출과 함께
마침내 고요한 아침이 찾아왔다.

단추

짝을 찾지 못했어요
갈 곳이 비슷해
갈피를 못 찾았어요
헤매다 한 곳을 발견했어요
딱 맞는 안식처인가 했는데, 아니네요

여러 날 방황하다 지쳤어요
위태롭게 거꾸로 매달려 있어요
살짝 스쳐도 인연 같아요
"여기 있어요!"
소리쳐 봐요
정신 차려야 해요
엉뚱한 터널로 빠져
뒤엉켜 엉망이 될지 몰라요
아주 작은 빛이 보이네요

강력한 힘에 이끌려
내가 갈 곳을 찾았어요
고개를 들고 당당히 걸어가요
이제 방황은 끝났어요
건너편 구멍에 나를 넣어요.

바닷가에서

하늘과 바다
경계가 어디일까?
저 먼 수평선 길이 보인다
고성 화진포 바닷가
모래밭에 발자국을 찍고 돌아보았다

나의 삼십 대가 보인다
바닷물에 발 담그니
파도가 말을 걸어온다
"여기까지 오느라 수고했어!"

통일전망대를 오르는
푸르고 푸른 길
자유롭게 넘나드는 넌 누구니?
망원경 속 해금강을 본다
파도가 할퀴고 간 자리
빗방울이 떨어진다

아직도 아물지 못한
정전 75년 세월
나의 소망 구름을 타고
DMZ 넘어 훨훨 날아간다.

설악산

바위 멋지다
나무 멋지다
우열 가리기 힘든 조화로움
누구의 작품일까?

옛 미시령 고개
황홀한 경관에
한숨 돌리고 쉬어 간다
계곡물 흐르는 소리
심장이 고요해진다

언제 찾아와도 큰 기상
품위로 계절 변화 지키고
가슴 뛰게 하는 설악산이여.

회갑 여행

남편 회갑을 맞아
미국 서부로 9박11일 가족여행을 다녀왔다
하와이 와이키키 모래사장을 밟으며
그는 나의 손을 꼭 잡았다
화려한 불빛
다국적 언어와 음악으로
시끌벅적 축제의 밤
부산 해운대 생각이 났다
와인을 사가지고 와 축배를 들었다
지나간 시간이
영화의 스크린이 되어 지나갔다
오하우섬 서쪽 바다에서
돌고래 떼를 만났다
국내선 작은 비행기로 사탕수수 농장을 보며
일제 통치 시절 조선 노동자들이
착취당한 현장이어서 마음 아팠다
LA공항에 도착해
할리우드 스타의 거리를 거닐며
아이들은 무척 좋아했다
나와 딸은 마릴린 먼로 손도장에
손을 얹고 인증샷을 찍었다

유니버설스튜디오에서
영화 촬영 세트장 체험도 했다
라스베이거스 호텔 1층 게임장에서
아이들은 파친코 게임을 했다
리무진 버스로 8시간을 달려
애리조나의 호텔에 도착했다
모뉴먼트 밸리에서 일출을 보고
인디언 아저씨가 운전하는 지프차로
흙바람을 일으키며 달렸다
붉은 흙기둥들로
우주 어느 행성에 와 있는 착각이 들었다
이곳에 올 수 있도록 허락해 주신
하느님께 감사했다
경비행기를 타고
그랜드캐니언을 휘감고 도는
콜로라도강 푸른 물결을 내려다보며
창조주의 손길에 소름이 돋았다
아이들은 환호성을 질렀다
요세미티 국립공원에서 보트로 이동했다
모래동굴에서 빛의 신비를 체험하고
우리 가족은 지금도 그때를 추억하며
몇 년째 새로운 여행을 준비하고 있다.

휴머니티

그의 등을 바람이 밀고 있다
절룩거리며 갈고리손으로
리어카를 끌고 폐지를 줍는다
얼굴에선 미소가 떠나지 않는다
장애인이지만 성실하게 사는 분으로
TV에 소개된 적 있다
같은 동네 사람이라 관심이 갔다

길을 걷다가
마주친 아저씨는 활짝 웃는다
성자의 빛이 스친다
위태롭게 자동차도로를 걷는다

그는 아버지다
예쁜 아내 잘생긴 아들 이쁜 딸
아들은 학교가 끝나면
아버지 일을 돕는다
아내는 퇴근하고 식사 준비로 바쁘다
밝은 미소가 오래도록 기억에 남는다

인생 스승이 걸어간다
나를 돌아보게 하는 오후
천사들이 이 가족에게
행복을 배달하고 갔나 보다
그가 내 마음속으로 들어온다.

마침표

촘촘히 지나가는 하루하루
삶의 숙제를 다하지 못하고 있다
아이들이 자라며
걱정이 줄어들 줄 알았다

등 뒤에 날개가 달릴 줄 알았다
산을 단숨에 넘어 들판에서
춤을 추고 싶었다
걱정은 문턱을 넘어와
주위를 맴돌고 있다

앞가림은 물음표
마음속이 파도를 탄다
간절하게 불러보는 님
두 손을 모으고 기도한다
아무 대답이 없어 얼굴만 붉어졌다

알알이 새겨져 있는 번민
햇살에 버무린다
미움도 기다림도
날개 위에 태워 보낸다
마침표를 찍고
초록이 넘실거리는 숲속에서
파란 바람 맞으며 날고 싶다.

오사카 비닐우산

두 번째 오사카에 갔다
밀리는 인파 속을 걸었다

두려움을 움켜쥐고
마리오 카트로 오사카 시내를
두 시간 달렸다
지금 생각해도 아찔하다

대중교통을 타고
밤에는 가로세로 앉아
차를 마시고 건배도 했다

마침 비가 내려
하얀 비닐우산을 사서 썼다
낯선 풍경은 사색하기에 안성맞춤이다

우산 세 개를 가져와
지금껏 쓰고 있다
비가 오면 그날이
어제처럼 생각난다.

겨울 여행

작열하던 태양 아래
열정을 다해 달려온 시간은 지나고

차디찬 바람만 휘몰아친다
모래 위에 발자국 찍으며

갈매기 소리 따라 흥얼거리다
지나온 삶을 회상해 본다

멀리 고기잡이배들 들락거리고
분주히 움직이는 부둣가 아낙네들

삶의 현장 활기차다.

생의 진실한 통로를 찾아

한 사람이 세상에 오는 일이 천지의 개벽이듯 자신도 모르는 사이에 시간은 나이테를 늘리고 시인은 사물의 소리에 귀를 기울인다. 뜻 없이 지나가는 일상은 없지만 각별한 뜻으로 기억해 내는 사람이 몇이나 될까?

강릉 사천에서 태어나 자란 최종시 시인은 아버지 최규방 선생과 각별한 유년 시절을 보냈다. 시인이 초등학교에 들어가면서부터 집안 친척들에게 보내는 편지 대필을 시키셨던 아버지는 시인에게 생의 기둥이었고, 손을 내밀면 언제나 닿을 수 있는 가장 가까운 고귀한 별이었다.

생을 드나드는 진실한 통로였던 아버지와의 기억이 어제 일만 같다는 시인, 아버지는 훈풍으로 때로는 서늘한 가을바람으로 시인의 곁에 있었고, 시인의 마음에 늘 좌정해 계셨다.

그리고 샘물처럼 끊임없이 채워 주셨던 어머니의 사랑, 남동생들, 가족이라는 이름으로 연결된 통로에 남편과 아이들은 생의 기도를 여는 문이기도 했다.

최종시 시의 특징은 구체적인 체험 속에서 벗어나 자유를 갈구하며, 삶 속에서 진실을 건져내고 노래한다는 것이다. 어린 시절부터 독서에 심취했던 최종시 시인은 바람이 지나가는 통로에서 사물 너머에 존재하는 것들과 대화를 나누며 깊은 밤 홀로 깨어 있곤 했다.

인간의 갈망은 신의 존재를 생각하게 한다. 시인은 고향을 떠나 서울에 터를 잡으면서 천주교 세례를 받았으며, 눈을 감고 두 손을 모으면 언제나 곁에서 등을 다독이시는 하느님의 존재를 느끼곤 했다.

곧 폭죽처럼 터지는 봄의 축제가 열리면 시인은 성찰과 고독을 통해 삶의 화해 속에 새로운 사랑을 발견할 것이다. 그것이 고통이라 할지라도 멈출 수 없는 것은 시인의 삶이 시의 은유와 닿아 있기 때문이다. 바람이어도 좋고, 비가 내려도 좋은 날 하얀 종이를 펼치고 시의 행간 속에서 여행을 계속할 것이다.

2025년 봄
김지영_시인

최종시 시집

바람으로 걷다